Gallimard Jeunesse/Giboulées sous la direction de Colline Faure-Poirée


ISBN : 978-2-07-062170-5
Premier dépôt légal : octobre 2008
Dépôt légal : avril 2012
Numéro d'édition : 244597
Loi n° 49956 du 16 juillet 1949
sur les publications destinées à la jeunesse
Imprimé en France par Pollina - L60719

# Marion et Simon les Chatons

Antoon Krings

GALLIMARD JEUNESSE / GiBOULÉES

Il était une fois, et ron et ron, deux petits patapons un peu fripons, un peu polissons, qui s'appelaient Marion et Simon.
Comme tous les chatons, ils étaient très mignons et très joueurs. Chatons perchés, chatons cachés, ils s'amusaient presque à chaque pas, toujours prêts à bondir ou à montrer les griffes. Pas pour de vrai bien sûr, juste pour faire semblant, car Marion et Simon n'étaient pas méchants. Ils avaient simplement envie de s'amuser, d'attraper les petits oiseaux dans le ciel, une souris verte qui courait dans l'herbe, envie de jouer à la dînette avec Lorette la pâquerette…

– Un peu de lait dans votre thé ?
– Merci, merci, beaucoup de lait et pas de thé, répondaient les chatons en renversant la théière.
– Oh les vilains !
Vraiment c'est amusant de faire n'importe quoi, de dire tout ce qui vous passe par la tête sans jamais se faire tirer les moustaches.

Il y avait bien quelques grincheux au jardin, un petit lutin qui les regardait en faisant les gros yeux, mais Marion et Simon ne s'en souciaient pas. Ils préféraient suivre une abeille, un papillon, une autre abeille… pas celle qui pique, mais Mireille, Mireille au grand cœur qui aimait les chatons autant que les fleurs.

– Minous, minous, minous…

Ce jour-là, les minous se laissèrent caresser.
– Comme ils sont mignons et comme ils sont doux ! Dommage que ma maison soit si petite !
– Ronron, firent les chatons en faisant le dos rond. Nous ne prendrons pas de place, nous nous ferons tout petits.
– Eh bien, entrez, entrez, leur dit l'abeille sans hésiter.

Quand il apprit que Mireille avait recueilli les chatons, Benjamin le lutin sentit les poils de sa barbe se hérisser.

– Mireille, je ne veux pas mettre mon nez dans tes rosiers, mais en bon voisin il est de mon devoir de te dire que tu ne dois pas garder ces chatons… Ils grifferont tes fauteuils, ils déchireront tes rideaux, ils saliront tes coussins… Sans compter que tôt ou tard ils grimperont aux arbres et chasseront les oiseaux du jardin ! Tu pourras dire adieu à Pierrot, adieu à Solange, adieu à Georges, et les remercier pour leurs joyeux gazouillis !

– Tu dis ça pour me faire de la peine, Benjamin, répondit Mireille, mais moi je peux t'assurer que Marion et Simon sont très gentils et qu'ils ne feraient pas de mal à une mouche.
– Alors, explique-moi : s'ils sont si gentils, pourquoi ont-ils détruit la toile que Chloé venait de tisser ? Tu te rends compte : une toile toute neuve !
– Je sais, mais ils m'ont promis qu'ils ne recommenceraient plus, n'est-ce pas, mes chéris ?
– Ronron, firent les chatons en se frottant contre le lutin. Nous ne le ferons plus.

– C’est bon, arrêtez, vous allez finir par me coller des poils partout, maugréa le lutin, dont le nez commençait à le chatouiller. Arrêtez, sinon je vais, je vais… At… At… Atch… ATCHOUM !
– Ah bravo ! s’écria Mireille en se relevant tout ébouriffée. Tu ne pouvais pas éternuer moins fort, gros pataud ! Tu les as effrayés et maintenant ils ont disparu dans la nature !

– Eh bien, bon débarras, dit le vieux bonhomme. Comme ça j'espère qu'ils ne reviendront pas de sitôt.
Benjamin pensait en avoir fini avec toute cette histoire quand, soudain, il entendit miauler dans les arbres.
– Regarde, regarde, Benjamin ! Ils sont là, tout là-haut ! s'écria Mireille en montrant la cime des arbres. Oh les pauvres petits ! Ils ne peuvent plus redescendre. N'ayez pas peur, mes chéris, Benjamin va venir vous chercher.

– J'ai bien envie de les laisser pleurer un peu, dit le lutin. Histoire de leur donner une bonne leçon.
– Tu ne peux pas faire ça : Marion et Simon risquent de tomber ! Il faut les secourir au plus vite !
– C'est bon, c'est bon, j'ai compris, Mireille. Je vais sortir la grande échelle.

Naturellement, dès que Benjamin déplia la grande échelle, tout le monde se précipita pour voir ce qui se passait.
– Oh là là !
– Quelqu'un est coincé ?
– Oh là là ! Oh là là !

– Reculez un peu, dit le lutin, excité par tous ces « oh là là ». Ils peuvent nous sauter dessus à tout instant. Allez, reculez !
Oh là là ! Oh là là ! Et voilà qu'il monta ! Le lutin monta, monta tout en haut de l'arbre. Il attrapa les chatons qui criaient et s'agrippaient. À son tour, il cria… aïe ouille, aïe ouille… jusqu'à ce qu'il arrive en bas, en vainqueur vaincu, tout griffé mais heureux.

Mireille embrassa Benjamin. Benjamin embrassa les chatons. Il éternua, les chatons s'enfuirent pour de bon, et tout se termina en chanson :

*Promenons-nous dans le jardin*
*quand les chats n'y sont pas.*
*Si les chats y étaient,*
*ils nous grifferaient…*